园说·文脉

王淳华　主编

Great Western Hills

大西山

Great Western Hills

图说

十集大型人文历史纪录片《大西山》	
第五集	《园说》

公元 12 世纪末，一位正值盛年的君王忘情于西山的山水之间。君王兴致盎然，每每途经一处心仪的景致，就会不吝赞惜。此人还有一项雅好，那就是为自己中意的景色取名，这些景色也因此名留后世。

一日，山水间流连的他突然困意袭来，和衣而卧，梦见一股清泉从身边汩汩而过，醒来后果真见有山泉涌出，大喜过望，于是命名此处为"梦感泉"。也因由这山水赋予的灵感，他在西山一带选址建造行宫别院。最终，在连绵不绝的西山之间，

金章宗梦到的山泉水（复原图）

修建了八座寺庙，并将园林融入佛光圣殿之中，南方高超的造园之精与北方山水的意趣之美相互融合，成就了这八座皇家寺庙园林的气象与景观，人们称之为"西山八大水院"。

西山八大水院： 金章宗完颜璟在位 20 年（1189—1208），他喜欢游山玩水，打猎避暑，所以召集能工巧匠在西山修建了八座寺庙，这里水源充沛，因此被称为"西山八大水院"。由于古籍对西山八大水院语焉不详，因此人们对八院的说法不一。一种说法是，西山八大水院分别是清水院、香水院、泉水院、金水院、潭水院、双水院、圣水院、灵水院，另一种说法则认为应当去掉泉水院，将温水院（温泉）列为八院之一。而且史学界对八大水院的地址说法也各异，海淀凤凰岭的龙泉寺、上方寺，樱桃沟的看花台，温泉以东的黑龙潭以及石景山区的隆恩寺等都成为人们争议最大的对象，其中对金水院的分歧最大。

西山八大水院一景

他，是金朝第六位皇帝金章宗。循着他的足迹，在西山庇佑下的后世王朝，历经数百年构建琢磨。六百年之后，这些曾经隐匿在山与水、云与林之间的皇家园囿，登峰造极，成为后世争相瞻仰亲近的人间天堂。

大西山远景

从香炉峰可望至紫禁城

朝阳从东方升起，从香炉峰东望紫禁城，不过三十余华里[※]。脚下的山峰，是大西山向东延伸的余脉，称为"小西山"。

这里藏风得水、林木丰茂，在金章宗为北京提名的燕京八景里，西山晴雪、玉泉垂虹、卢沟晓月、居庸叠翠皆在大西山，足见西山风景之美、地势之优，堪称天赋异禀，至美全收。

香炉峰：是香山的顶峰，海拔 557 米，是直视京城气势宏大、地域广阔的最佳去处。站在香炉峰顶，向东放眼望去，近处是卧佛寺、玉泉山、颐和园的寺庙古建、高塔亭台和浩荡的昆明湖水，远处则是成堆成片、高低错落的楼宇大厦，更是观赏日出的好去处。

※ 1 华里＝ 0.5 千米。

乾隆在梦感泉石崖上题的"双清"二字

　　当年满腹文采的金章宗一定不会想到，五百年后，在他曾经梦见清泉的地方，同样出身马背民族，同样热爱园林，同样才华横溢的另一位皇帝，也选中了这块风景绝佳之处，他在这里建造了更大的寺院，并在梦感泉旁石崖上题刻"双清"二字，成为闻名后世的香山静宜园。

　　这一位，就是清王朝的乾隆皇帝；也是他，将中国园林的精致富丽推向了顶峰，成就了中国园林史上的鼎盛画卷。

　　明代的文震亨在《长物志·室庐》中写道："居山水间者为上。"山居，对中国人而言，是生活的至高之境。于凡人百姓，于帝王将相，皆如此。

历代北京城（复原图）

文震亨：（1585—1645）字启美，出生于明朝长洲县（今中国江苏省苏州市），是明朝著名画家、书法家文徵明曾孙。他家富藏书，长于诗文绘画，善园林设计，著有《长物志》十二卷，为传世之作。明朝灭亡后，他绝食而亡。

北京之西，山为筋骨，水为眉眼，在这八百多年间，一山一水，格出了北京五朝都城的面貌根基。

公元 1153 年，金朝皇帝海陵王完颜亮正式建都于北京，称为中都。而自此也迎来北京园林发展的第一个高峰期。

■ 大西山

从北海远望西山

■ 大西山

从北海远望西山

今天尚存的北海、香山、钓鱼台、玉泉山、陶然亭、玉渊潭等，都是当年金朝皇帝的离宫别院。

北海公园：我国现存最悠久、保存最完整的皇家园林之一，距今已有近千年历史。北海园林的开发始于辽代，金代又在辽代初创的基础上建成规模宏伟的太宁宫，明清时期又进行了不同程度的扩建。1925 年，北海被辟为公园对外开放，中华人民共和国成立后政府拨巨资修葺，1961 年国务院公布其为第一批全国重点文物保护单位。北海公园由琼华岛、东岸、北岸景区三部分组成，它博采众长，既有北方园林的宏阔气势，又有江南园林的婉约多姿，气象万千而又浑然一体，有静心斋、天王殿、小西天等众多著名景点，是我国园林艺术的瑰宝。

元代，彪悍的蒙古铁骑大举南下，挺进了北京城，也改造着北京城，一座山水相间的城市也在这征服与构建中渐渐地显露出雏形。

尔后，历经明、清两代王朝的建设，以紫禁城为核心，不断西扩，不仅在北京城里扩建园林，更是把人财物全部集中在西山，从而最终造就了著名的"三山五园"。

每天，络绎不绝的游人从世界各地汇集到北京的西山脚下，瞻仰、朝拜世界文化遗产中的这颗园林之珠。有西方游客发出赞叹"到过颐和园，就知道了天堂的模样"。

"到过颐和园，就知道了天堂的模样"

颐和园：位于山水清幽、景色秀丽的北京西北郊，原名清漪园，始建于 1750 年，至 1764 年完工，它集传统造园艺术之大成，包含中国皇家园林恢宏富丽的气势，又充满自然之趣，高度体现了"虽由人作，宛自天开"的造园准则。其北部的万寿山呈一峰独耸之势，在山上集中建造了大量的点景建筑；南面为昆明湖，形成开阔的山前观赏范围，整个园区里水面约 3/4。1860 年，清漪园被英法联军破坏，光绪中叶，慈禧太后挪用海军建设费二千万两白银修复此园，基本上保持了原来清漪园的格局。园中有景点建筑物百余座、大小院落 20 余处，3000 余间古建筑，古树名木 1600 余株，其中佛香阁、长廊、十七孔桥、谐趣园等都已成为家喻户晓的代表性建筑。

大清盛世复原图（局部）

　　18世纪中期，大清成了世界上最富有的国家，帝国拥有世界三分之一的人口，粮食产量和工业产值也占到了世界的三分之一。得益于高速的经济发展，清代历史上空前绝后的京西造园高潮随之而来。

　　作为这一浩大工程的总设计师，乾隆可谓是中国历史上最复杂的皇帝，他是政治家，是学者、诗人，也是旅行家和狩猎高手；他性格多面，文雅又酷烈，节制又奢靡，常因民生困苦而潸然落泪，也在征战中进行种族灭绝。

在对三山五园的系统规划中，乾隆将中国哲学的思辨意趣与身为帝王的胸襟视野充分结合，并发挥到极致。

明代造园大家**计成**在其名著《园冶·山林地》篇中写道："园地惟山林最胜，有高有凹，有曲有深，有峻有悬，有平而坦，自成天然之趣，不烦人事之工。"

计成：生于明代万历十年（1582年），卒年不详，字无否，号否道人，江苏松陵人。他在中年以后从文人画师转行设计建造园林，他建有三个著名园林——常州吴玄的环堵宫、仪征汪士衡的寤园和扬州八大园林之一的郑元勋影园，他还撰写了世界上第一部造园经典著作《园冶》，是世界公认的造园大师。

乾隆狩猎图（局部）

在 17 世纪末年，一个叫雷发达的南方匠人来到北京，参与营造宫殿的工作。那个时候没有人会知道，这个小小的工匠从此开启了他一生中的传奇，并造就了一个世袭七代、直到清朝末期的建筑师家族，世人称为"**样式雷**"。

样式雷：是我国建筑史上的一个神秘家族，为清朝主持建筑营造事务，雷家祖籍江西，以雷发达为始，开启了一个建筑世家与清代皇家建筑之间数百年的传奇，从康熙到光绪，前后历经两百多年，我国建筑史上流传着这样一句话："一家样式雷，半部建筑史。"圆明园、颐和园、北海、天坛等均出自雷家之手。做建筑设计需要先制作模型，在当时称为"烫样"，样式雷就是制作这种沙盘模型的高手，甚至比现在的沙盘还要精致：屋顶可以打开，彩画样式、家具屏风都栩栩如生，如微缩景观一般让人爱不释手，样式雷是我国古代建筑设计史、科技史上成就卓著的杰出代表和传奇。

今天看来，正是由以样式雷为代表的南方工匠把江南的园林之美与北方山水相融合，造就了皇家园林浩然的风范与极致的美妙！

康熙皇帝在《畅春园记》里曾经提到，他非常牵挂一位杰出的匠师。这位让皇帝牵挂的匠师便是雷氏第二代当家人——雷金玉。雷金玉在样式雷家族中，被公认是声誉最响、名气最大，也最为当朝赏识的一位雷氏传承人，而他也正是圆明园的首席设计师。雷金玉 71 岁去世，又得到皇帝恩赏"盘费一百余金，奉旨驰驿"。在一代代样式雷家族传人的匠心苦心和其他许许多多没有留下名字的工匠的心血倾注下，一座座皇家园林日臻完美！

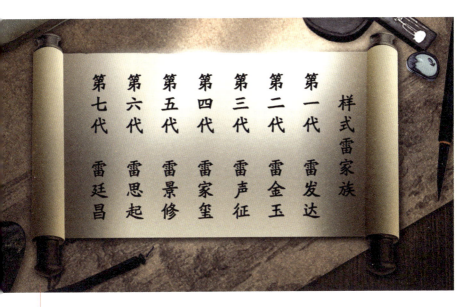

样式雷家族图谱

每到夏季，香山的金莲花如约盛开，据说这种花是在清朝时期从五台山被移植而来。至今，香山公园仍然是北京唯一种植金莲花的公园。

因为乾隆的母亲——孝圣宪皇后独爱此花，每到盛夏时节，乾隆皇帝必亲自奉予母后，以上好的山泉水冲饮泡茶。所以，在孝圣宪皇后去世四年后的夏天，当园吏再次为他奉上金莲花时，乾隆皇帝不禁潸然泪下，写下了"四载熏风一弹指，思将谁献益潸然"的诗句。

乾隆皇帝每年都为其母冲泡金莲花茶（复原图）

乾隆曾教育诸皇子"愿为君子儒，不作逍遥游"，君子儒要修身进德，有济天下的情怀，而内圣外王的根本，则是孝。今天被奉为中国皇家造园术集大成者的瑰宝级园林——颐和园的前身，就是乾隆十五年（1750年），乾隆皇帝为母后寿辰所建的清漪园。

在乾隆即位前，北京西郊一带已经建起四座规模巨大的园林，从海淀一路绵延到香山。美中不足的是，这四座园林之间并没有合理的勾连，只有一片自然水域，这里的水源于香山诸泉。

1750年，乾隆皇帝为庆祝母后六十寿辰，大兴土木改变了瓮山的造型，改名"万寿山"，东扩瓮山泊并改名"昆明湖"。而"清漪园"的名字正是因独占园林四分之三面积的水色而命名。

如今的清漪园

因为有了清漪园，原有的四座皇家园林被连接成为一体，万寿、香山、玉泉三山，环抱着清漪园的潋滟水光，加上平地造园的圆明、畅春二园——三山五园联袂而立，京西最为壮观的园林群自此矗立在大西山的怀抱之中。

三山五园（复原图）

　　《园冶》中曰："夫借景，林园之最要者也。"无论是在全园的制高点——佛香阁远眺西山，还是在昆明湖东岸遥望西岸，静宜园所在的香山、静明园的玉泉山，山峦塔影尽收一汪碧水之中。清漪园的水色犹如镜面，亦如画框，在天地间展开了一幅"虽由人作，宛自天开"的园林画卷。

　　中国古典园林的设计，不是在建造一座生硬的建筑群，而是在营造一个天人合一的生命体，园林风物建筑，处处体现着造园者的品格态度，一座园林就是设计师精神世界的生动写照。同时，每座园林也因为设计者与主人的差异，呈现出不同的功用。

"虽由人作，宛自天开"的清漪园

"京西稻米香，炊味人知晌，平餐勿需菜，可口又清香。"这首老北京的歌谣，唱的就是北京独有的"**京西稻**"。

京西稻：即京西贡米，在北京西郊区，那里曾有一片水田棋布，宛如江南。京西稻种植的起始年代已难以考察，有研究表明，早在东汉、西晋时就已种植。康熙是使京西稻真正变为"御稻"的皇帝，他十分重视农业，在他的支持下，京西稻的种植得到了进一步发展，他甚至还设立了稻田厂，专门管理这些皇家御稻。在其组诗《题农耕图》中描述了插秧打穗的幸福场面，而在圆明园等皇家园林中也有些稻田景观，有些甚至是皇帝亲自耕种所用。

京西稻

■ 大西山

京西水乡稻田图

京西田字房（效果图）

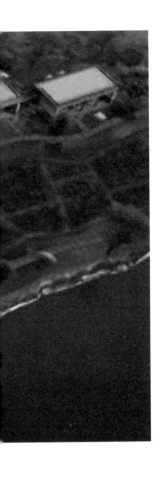

公元 1692 年，康熙皇帝南巡后，将带回来的稻种在玉泉山试种。一天，康熙在巡视稻田时，发现一株鹤立鸡群的稻子"高出众稻之上"，康熙喜出望外，把它当作种子留存。

而乾隆皇帝同样重视京西稻的改良，他在南巡时带回了水稻品种"紫金箍"，将祖父的御稻米进一步改良，生产出的稻米专供皇家食用。期间历经一百三十余年，成为今天北京独有的稻米品种"京西稻"。

而位于圆明园之中的"澹泊宁静"，俗称田字房，又名"淡泊清净"。这座宫殿的外形是一个汉字的形状——"田"。"田"的字义为耕地，农业是封建帝国的命脉，皇帝每年都要在这里举行犁田仪式，这也体现了皇家园林的"园居理政、动态治国"理念。

　　康熙在位期间六次南巡，乾隆法祖，同样南巡六次。素有"马背上的朝廷"的清王朝，他们建立的大九州、天下观的思想是一个"大中国"的观念，这一雄视八荒、顾驭四海、一统天下的胸襟气魄，在三山五园的打造中同样体现得淋漓尽致。

颐和园一角

在这些皇家御园中，有一大类建筑就是寺庙，特别是那些独具特色的藏传佛教建筑。这是清帝园居理政的重要活动场所。在这里，清帝曾恩抚联络蒙古王公、部落首领，也曾会见西藏的宗教领主、高僧大德。

西山寺庙

在这里，皇宫与边疆、帝都与佛国，无二无别、和谐共存。在这里，出身不同族裔、使用不同语言的君王与领主，心灵相通，融为一体。而这样的交融互动，在巍峨雄伟、缺少山水滋养的紫禁城中，似乎是难以实现的。

寺庙上不同语言的牌匾

其实，"三山五园"的统称在清末才出现，而其格局之初，即已经是一个依托于西山山水与紫禁城之间的有机整体。西山的上风上水，将江南的水乡佳境、边陲的壮丽巍峨，尽收于一园之中。

西山双清别墅：民国时期政治活动家、教育家熊希龄的别墅花园，建于清代皇家园林静宜园松坞云庄的遗址上，分为两层台地。此园明显受到近代欧洲别墅园林的影响，对传统的造园形式做了若干变通，采用了对称的布局方式、简洁的建筑造型以及几何形的水池，并保留了一处古建筑台基和假山，园中古树数量极多，周围借景条件非常好。在香山苍松翠竹的掩映下，双清别墅还具有独特的历史意义，因为这里还是中国共产党领导下的人民解放战争走向全国胜利的指挥部，是筹备召开新政协、建立新中国的历史见证地。

西山双清别墅

　　山为仁，水为智。山藏住了水，也藏住了天地万物的灵气。园建在山中，让它的主人找到了休憩温暖的福田。乾隆曾说："人心不可见，天地之心可见"，遂将这个宛若江南的园中之园，命名为"见心斋"。高处不胜寒的天下之主，唯在西山仁厚安稳的怀抱中，才寻到了悠然与安然。

见心斋：建于明嘉靖年间（1522—1566），几经修葺，是座极具江南风情的庭院。建筑整体呈环形庭院式，环境清幽，是香山著名的园中之园。乾隆曾在此读书和赐宴群臣。嘉庆帝曾在轩内题七律一首，其中四句道："虚檐流水息尘襟，静觉澄明妙悟深；山鸟自啼花自落，循环无已见天心。"

见心斋一角

"谁道江南风景佳，移天缩地在君怀。"在三山五园的营造中，真是达到了"上可移天、下可缩地"的境界。浓缩于其中的，绝非仅仅是实有的天地，更是千年华夏文明的心中天地。

故而，乾隆在静宜园，写下了毕生倾心于山之园的告白："我到香山如读书，日新境会领徐徐。"

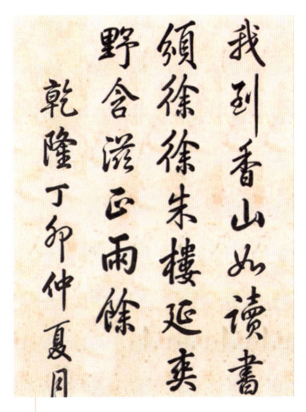

乾隆为静宜园的题词（局部）

　　不过独享美景的大清帝王并不知道，早在 18 世纪，西山园林的美已经走向世界，甚至在万里之外的欧洲吹起了一阵中国风，被很多国家所仿效。这阵风潮甚至影响欧洲的建筑艺术发展。

　　受中国园林影响的"英中式"园林在欧洲风靡一时，并随着英法殖民地传播到美洲大陆。1858 年，面积达到三百四十八公顷的纽约中央公园，将自然引入城市，成为美洲第一座英中式园林。而它的设计师**奥姆斯特德**因为这项成就被权威期刊评为了影响美国的一百个人的其中一位。

纽约中央公园

奥姆斯特德：（1822—1903）美国 19 世纪下半叶最著名的规划师和风景园林师，出生于美国康涅狄格州，他曾涉足多个职业，设计覆盖面极广，从公园、城市规划到公共广场、私人产业等，被公认为美国风景园林学的奠基人。他的设计以打动人为目标，比如在设计公园时创建景观通道，使游人能融入其中，纽约中央公园是其代表作之一。

纽约中央公园的设计师奥姆斯特德

以今天的眼光来看，大西山脚下的三山五园不仅是一片园林，也是文化冲突与对话、对立与融汇的平台和窗口。

远山不远，静水不静，树木虽然古老，但千百年来开枝散叶，园林也不仅仅是奇美景观、皇家驻锡，那是中国人在历史的册页上最深刻、最丰富、最奇绝的刻痕。

驻锡："锡"是指僧人所用锡杖，僧人出行，以锡杖相随，"驻"即止住停留之意，故称僧人住止为驻锡。与"驻锡"相对应的是"飞锡""巡锡"，表示僧人行走云游之意。

三山五园惊绝人世之美我们已经无法亲见。1860 年，英法联军的一场大火把三山五园付之一炬。燃烧了三天三夜的烈火，将永远的悲怆和遗憾空留于今。

圆明园（复原图）

圆明园遗址

圆明园：坐落在北京市海淀区，与颐和园紧密相邻。它始建于康熙四十八年（1709年），由圆明、长春、万春三园组成，占地350公顷，建筑面积近16万平方米，是清朝帝王在150余年间创建和经营的一座大型皇家宫苑。1860年10月惨遭英法联军洗劫并被付之一炬。圆明园曾以其宏大的地域规模、杰出的营造技艺、精美的建筑景群、丰富的文化收藏和博大精深的民族文化内涵而享誉于世，被誉为"一切造园艺术的典范"和"万园之园"，圆明园本身就算得上是一座城市，它不仅是清帝的园居游憩之地，而且是重要的听政理政之所，是清帝紫禁城外另一个家，而清漪园（颐和园前身）在圆明园被毁前一直只是偶尔游赏之处。

静谧的西山

如今，北京已是国际化都市，西山脚下的那片园林成为城市的后花园，亲近自然者吐纳呼吸，追怀历史者慨叹沧桑，寄情山水者物我两忘。

其实，皇家的昆明湖和胡同里四合院的金鱼池并没有本质上区别，不过都是由现实而生的一方梦田。这个再造山水的世界是一个理想，与其说园林完美得令人震撼，不如说这个完美世界极致得令人动容。

夕阳下的西山山水

一部西山园林史，是中国山水城市演进的缩影，是中华民族文化的交流写照。北京，"从山水城市而来、循山水城市而去"。

园林，是营造，是体验。此刻，具体的园林的设计者已经隐去，古往今来的每个人都已成为园中之景，景中之意。

导演手记：

一园之说

/ 第五集《园说》分集导演　朱晓梅

　　我是海淀人，从小就挨着西山长大，至今都生活在这一带。记得小学四年级从复兴路搬到现在的部队大院生活的时候，老爸跟我说："这儿环境最好了，你看三山五园都建在这儿呢！"果然，此后的三十年我再没有离开这里。让我去北京城别的地方学习、工作都是可以的，但是居住？完全不行。

《园说》这一集，
是我心目中《大西山》里的阳春白雪

　　因为一些意外，我半途接手。当时，已是 2015 年深秋。帝都雾霾的秋啊，让我情何以堪？那些情境须极致、寓意唯高远的镜头，那些还原心中的园林、追忆历史回响的迫切，那些唯恐积累浅薄、难以承受命题之重的焦虑……一时间奔涌而至。

颐和园，是我年少时在冬雪中一天可以往返两次的乐园。香山，是让我深深领会什么叫气场的秘密花园。可是，那是个体的记忆，不是学术。我不懂园林，不懂建筑，也不精通历史和社会学。面对这样一个庞大的专业领域，我甚至连补课的时间都没有。

一时间，唯有傻眼。

雨中拍摄，右为《园说》分集导演朱晓梅

山之园——
因山成园，依山建园，唯山养园

　　还好，有大西山。记得在 2015 年 10 月的一个下午，王导带着我和时任北京园林局局长的高大伟先生面谈《园说》的创作提纲。短短两个小时的时间，我们竟然找到了不谋而合的灵感：山之园——因山成园，依山建园，唯山养园。这是三山五园大命题中的大西山立场，也是我们唯一需要牢牢遵循的立场与初衷。

摄制组在香山拍摄，当天雨夹雪，但机器不能被淋湿，伞跟雨衣都是给机器准备的

摄制组在香山一处殿内进行拍摄

《园说》的重点，放在了这一命题中并不抢眼的香山静宜园。因为季节的紧迫，很难再去期待光影分明的能见度。气温迅速下降，2015年深秋到初冬再到酷寒，我似乎体会到了职业生涯中最低温的恶劣环境。

在连续三天零下16度的严寒中，我和李力、邹春雷两位摄影师一起，蹲守在香山的香炉峰顶，等待日出，等待日落。那里唯一可以取暖的房间是卫生间，唯一可补给的热饮是香飘飘奶茶。记忆中清晰的是，因为寒冷，空气能见度不错，傍晚开始拍摄的逐格画面很完美。

那一刻，
还真的有些感动

那一刻，我看到山脚下的北京城华灯初上，一轮明月在远方CBD的灯火楼影后升起，车灯在公路上走出漂亮的曲线——在西山庇佑下的帝都，那么安逸美好。

那一刻，还真的有些感动。

在颐和园边儿上住了这么多年，西堤的柳岸桃花，真的没看过几次。花开花落，瞬间就错过了。人间天堂，也不过是被我一次次

摄制组在香山一处山丘上拍摄。当天雨夹雪，非常冷

辜负的美好。这一次，因为大西山，终于补上了这一课。

从夏到秋，从冬到春。

从形到神，从神到形。

北京园林就是皇家园林，这种皇家气质渗透在西山园林一草一木、一石一瓦当中，至于如何描摹，在此就不剧透了，请看《园说》！

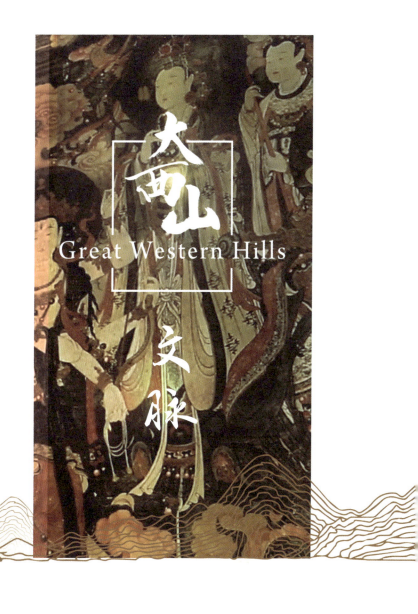

大西山
Great Western Hills

文脉

十集大型人文历史纪录片《大西山》

第六集	《文脉》

一座大西山，是自然和地理，也是社会与文化。

这里寺院道观众多，是北京城和华北地区信众心中的圣地；这里古村遍布，乡风村宗深厚，是民族民间文化交相辉映的宝库。许多年来，有人在这里执着于天地哲理，有人在这里顿悟丹青奥妙，有人穷尽一生苦乐写下文章，有人孜孜以求只为诗意。大西山，亿万年沧海桑田，千百年文脉绵延。

一千二百多年前，中唐安史之乱之后，在藩镇割据的范阳郡，两个十来岁、身着

大西山寺庙道观众多

寒衣的表兄弟，行色匆匆，一路寻访到离家二十里外的云盖寺，发愿出家，入寺为僧。

少年栖身寺庙修行近二十载，苦读，作诗，也曾云游四方。

早先那个风光无限的大唐盛世已经涌现了诗仙、诗圣，可是远在边陲的这片山脉，在文学艺术的版图上却是籍籍无名，几近空白，直到这片大山等来了苦吟诗僧贾岛。

房山大次洛村，是一个被周边韩村河和琉璃河的大名掩盖的村落。村委会后面的这个小小院落就是云盖寺旧址，如今依然有两位比丘尼在这里修行。

位于房山大次洛村的云盖寺旧址

云盖寺旧址：位于房山区石楼镇大次洛村，这里曾有多座古刹，由于历史的原因，现已荡然无存，只有云盖寺的一部分被修复保存下来，云盖寺的位置即现在大次洛村村委会的院子，前面的山门和建筑等早已消失。为了将村委会办公与寺院佛事隔开，现在云盖寺朝西新开了寺门，并改名为"祥云寺"。明嘉靖三年（1524年）的《重修云盖寺碑》及明崇祯八年（1635年）刊印的《帝京景物略》中都有文字记载贾岛与云盖寺曾有密切关系，加上云盖寺东距石楼二站村原贾岛墓祠遗址仅有3.5千米，西北距周口店贾岛峪内贾岛庵遗址也不足15千米，因此很受瞩目。

村子里的老老少少或多或少知道贾岛的故事和诗句。正是在这里，贾岛写出了"只在此山中，云深不知处"的超脱闲逸，也在这里抒发出"十年磨一剑，霜刃未曾试"的愤懑豪情。后人熟知他"鸟宿池边树，僧敲月下门"反复"推敲"的典故，却鲜有人意识到贾岛正是从大西山登上大唐诗坛的。

"只在此山中，云深不知处"

大西山本土第一位文学名家因为修行成就了诗歌，两百八十年后的元朝，又一位出世求道者选择了大西山。同样的情怀，同样的孤寂，同样的苦吟，马致远守的是静修。

"枯藤老树昏鸦，小桥流水人家，古道西风瘦马。夕阳西下，断肠人在天涯。"二十八个字，将西山古道的空绝孤寂，绘在了眼前。

马致远的诗歌意境

在马致远生活的年代，蒙古统治者不重用汉族文人，他们一腔抱负无法实现，往往产生幻灭和失意，因此纷纷寄情于杂剧和曲文，使得原本勾栏酒肆民间底层的文艺形式被赋予了文人精英的水准和品位。

与贾岛的少年早慧不同，马致远年轻时有"佐国心，拿云手"的抱负，但一直无法实现，历经漂泊蹉跎，晚年退隐林泉，在道教中寻求解脱。这也就不难理解马致远著作杂剧《青衫泪》《汉宫秋》《岳阳楼》《黄粱梦》等大多涉及全真教义与道士生活。

马致远的杂剧（复原图）

也许注定空灵孤苦，贾岛和马致远的身后事同样归于虚无。不仅马致远的具体生卒年代没有详细记载，他的故居更是莫衷一是。世人只知道他大半生在元大都生活写作，在西山隐居修道。如今门头沟韭园西落坡的这处马致远纪念馆，也是后人依据他作品的意境和当地村民以马氏为主的现象，假托修建，聊表缅怀。

马致远纪念馆：位于京西门头沟区王平镇韭园村，村内的西落坡村有一元代古民居，当地村民们世代相传说这里就是马致远故居。故居坐西朝东，是一座大四合院，门前有小桥流水，故居因长久无人居住，杂草丛生，十分破落，与那首人尽皆知的《天净沙·秋思》里的意境十分相投。常有游人前来，走走京西古道，去当年断肠人的故居访古探幽。有关部门现已进行管理、修缮工作。

北京门头沟韭园的马致远纪念馆

贾岛恐怕也绝不曾想到竟有后人因其诗作而奉其为"诗佛"，诗集上案，焚香膜拜。贾岛六十四岁在四川普州去世，家无一钱。而在故乡房山石楼，后人为他修建了衣冠冢和贾公祠，设立"骚坛异帜殿""瘦诗轩""月下斋"来纪念这位大西山孕育的一代苦吟诗人。

贾公祠：位于北京市房山区城南的石楼镇二站村，修建于2005年，贾公祠由两部分组成。西部是文化接待区，两重院落，陈列了贾岛的文字书画供人欣赏。东区是贾公祠的重点，前半部是由正殿和东西配殿组成的院落，正殿名为"骚坛异帜殿"，内有贾岛塑像；东配殿名为"瘦诗轩"，内有贾岛与另一位诗人孟郊的并列塑像；西配殿名为"月下斋"，是表现"推敲"的故事，内有贾岛与人生知己韩愈的塑像。东区后半部分是贾岛的衣冠冢，巨大的坟丘被青石围绕，显得十分庄严。

后人在房山石楼为贾岛修建的贾公祠

造化奇异，但造化弄人，大西山，有人清苦，但苦得动容天地，有人辉煌，却别有胸臆滋味万般。

贾岛西去后，西山文坛寂静了三百多年，公元1189年，大西山才迎来了又一位年轻诗人。这位诗人金袍华服，策马扬鞭，踌躇满志。他是女真人，却说一口汉话；生长于金朝盛世，但对儒家文化融会贯通。正是此人，废除奴隶制，实现了女真人的彻底封建化。

他就是金章宗完颜璟，好文学、擅书画、懂音律，可称之为金国文化集大成者。

喜欢寄情于大西山山水景色的金章宗完颜璟

金章宗对大西山情有独钟，不仅评点燕京八景，还在西山修建八座行宫。完颜璟用一手漂亮的瘦金体为西山写下许多诗篇：

　　金色界中兜率景，碧莲花里梵王宫。
　　鹤惊清露三更月，虎啸疏林万壑风。

完颜璟为西山写的诗篇

中都西边的仰山在他笔下有方外气息，又有兽王威严，开启一代西山诗风的同时，甚至给中国水墨开创了"虎啸山林"的新题。

完颜璟为中国水墨开创了"虎啸山林"的新题

自金章宗之后，几乎所有定都北京的皇帝都为大西山赋诗题词。也许是宫墙深院太过压抑，也许是京城盛夏天燥气热，西山的茂密丛林、叮咚泉水，令终日被国之要事纠缠倾轧的一代君王在此豁然开朗，获取一时安宁。

无论是骁勇武将，还是帝王天子，似乎只要一登上西山，便摇身化作情深意长、内心柔软的多情儿郎，写诗诗兴满，下笔思泉涌。

西山初夏玉泉清，暮雨随风满凤城。
四野皆霑比屋庆，八方尽望乐丰盈。

这是曾经平叛三藩、御驾亲征的康熙皇帝在玉泉山静明园写下的诗句。

康熙皇帝曾在玉泉山静明园写下诗句

到了乾隆，这位自诩为"古稀天子""十全老人"的皇帝，更是爱写善赋，作为一位高产诗人，他一生竟然写诗四万三千多首，其中仅仅为香山就写了近二百首。乾隆的《香山登高之作》被后人评为吟咏大西山最为大气豪迈的绝句："帝都形胜地，屏障惟西山……额手庆西成，纵目揽全燕。"

大西山，文人骚客用文字诗篇构筑自己的精神桃源，而美术家则用笔墨丹青描绘想象中的彼岸和世界，用刀凿石泥刻塑着圣殿中的信念与图腾。

自北魏隋唐，大西山就有了因佛教盛传而开凿的摩崖石刻和佛教造像。漫长的边陲岁月，幽燕还无法与中原西域的艺术成就相提并论，直到北京成为中央版图的首都，皇家王权对艺术的扶植推动，让这里成为举世瞩目的主角，西山之变，仿佛经历了又一次脱胎换骨的"造山运动"。

北京后景山的摩崖石刻

时至明朝，大西山没有诞生文学巨制，却在绘画和雕塑方面造就出中国美术史上一批巅峰之作。石景山区翠微山脚下的模式口，几乎就是大明美术宝库的缩影。

模式口：位于石景山区中部，原名"磨石口"，此地因盛产磨石而得名，宋代即行开采，质优良，闻名远近，现已停止开采。民国时取其谐音将磨石口改为模式口，意取"为诸村之模式"。在古时，这里为京西重镇，大西山的煤炭、木石，均由此处入城。模式口村古迹甚多，比如法海寺、龙泉寺、承恩寺、慈祥庵、田义墓、海藏寺和第四纪冰川擦痕等。

- -

北魏雕像：是中国雕刻艺术的典范，北魏佛像的一个典型特征就是微笑，佛的微笑给人一种宁静深邃之感，同后来的佛像相比，也正是由于北魏佛像除了宗教的圣洁之外还具备了这种当时社会人性化的美，更贴近于现实，也更容易博得大众所爱，为历代佛教徒和佛教艺术研究者所仰慕。

大西山上的北魏雕像

北京法海寺内的壁画

　　法海寺大雄宝殿内的墙上，至今依然保留着十幅明代宫廷院体壁画，佛龛背后中绘观音、右绘文殊、左绘普贤，周围有善财童子、韦驮、供养佛、马川狮、植物花卉。水月观音端庄慈祥，身披轻纱，花纹精细，似飘若动，呼之欲出。虽是五百五十多年前的作品，至今仍保持着鲜明饱满的色彩。作为北京地区现存历史最悠久、保存最完整的壁画，堪与敦煌壁画媲美。

法海寺及其壁画：位于北京市石景山区模式口翠微山南麓，始建于明朝正统四年（1439年），历时近5年才建成，明、清时多次重修，寺内有大雄宝殿、伽蓝祖师二堂、四天王殿等建筑。明代壁画是法海寺镇寺之宝，大雄宝殿内的全殿九幅壁画共绘人物77个，既有男女老幼，又有神佛鬼怪，且姿态各异，神情不一。敦煌壁画是中国现存规模最大、内容最丰富的古典文化艺术宝库，但是其自公元6世纪发展至清代，连绵不绝，唯独缺少明代壁画，法海寺壁画补充了这一缺憾，弥足珍贵。

承恩寺内将鱼虾螃蟹放归河流的壁画

与法海寺咫尺之遥的承恩寺，这里神秘的碉楼、地道和操场一直引发着后人的种种揣测。然而，承恩寺天王殿的壁画如今却更吸引着人们的目光。北面两幅壁画描画的是"放生"和"放飞"的故事，西边将鱼虾螃蟹放归河流，东边把笼中鸟儿解放出来在天空翱翔。

承恩寺：位于北京市石景山区模式口大街路北，始建于明正德五年（1510 年），历时 3 年竣工，寺东为三界伏魔大帝庙，西为龙王庙，寺内四角各有一座石砌古碉楼，碉楼间有地道相通。建寺后，明清两代均保持了"三不"之说，即不受香火、不做道场、不开庙。壁画、碉楼、一钟鼓楼、人字柏、上马石被称为承恩寺"五绝"，曾经的大雄宝殿、天王殿等殿堂均绘有精美彩画，现除天王殿外，其余壁画都不复存在。

看似生动平常的这两幅壁画，其实内涵却格外不同，法海寺画的是神，而承恩寺画的是人。前者是宗教，后者是世俗。

虽是来源于佛教的戒杀和放生理念，却蕴含着善待生灵、善待自然、众生平等的思想。

深藏于海淀某居民区里的 大慧寺，建于明正德年间，同样有着巨幅壁画，但最令人称奇的是这里的彩塑。大悲殿内原供十八米高的大铜佛，被侵华日军盗毁去熔化做了枪弹，后人补塑了木胎沥粉释迦牟尼佛、弟子及胁侍菩萨像，身形高耸，比例夸张。

大慧寺： 位于北京市海淀区，因寺内有大佛，俗称大佛寺，明正德八年（1513 年）创建。1957年，大慧寺被北京市人民政府宣布为第一批市级重点文物保护单位。大慧寺的雕塑主要以一尊高大的千手观音立像及两尊胁侍菩萨为主体，环衬二十八部众，组合成一组完整的宗教人物群体，其中的大悲殿将明代的三大艺术——建筑、彩塑和绘画熔为一炉，至今仍具有较强的艺术魅力和观赏价值。

大慧寺内的彩塑

环列于大殿三壁的塑像和壁画则都是明代原作，二十八尊彩色妆銮泥塑造像，如今虽已蒙尘寂寥，但所采用的写实与象征为一体的创作手法，仍能呈现出鲜明的个性特征和强烈的生命意识。

大慧寺的二十八诸天护法见者无不赞叹，香山碧云寺的五百罗汉更是登峰造极。碧云寺北侧的罗汉堂似乎并不著名，然而这里却是乾隆十三年（1948年）为纪念佛教历史上第一次重要聚会而修建的场所。

香山碧云寺：位于北京市海淀区香山公园北侧，西山余脉聚宝山东麓，是一组布局紧凑、保存完好的园林式寺庙，碧云寺创建于元至顺二年（1331年），后经明、清扩建。寺院坐西朝东，依山势逐渐高起，为不使总体布局景色暴露无遗，故而采用回旋串联引人入胜的建造形式。其中立于山门前的一对石狮、哼哈二将、殿中的泥质彩塑以及弥勒佛殿山墙上的壁塑皆为明代艺术珍品。

香山碧云寺北侧的罗汉堂

罗汉堂内的木胎金漆雕像

　　罗汉堂仿杭州净慈寺罗汉堂而建，是目前国内规模最大的罗汉堂。这里共有五百零八尊木胎金漆雕像，老少胖瘦，或坐或站，情态寓意各不相同。

　　有"心中有佛"，有"聪明绝顶"，有唯一的一位女罗汉——李白遇见的那位磨铁杵的老婆婆，有迟到的小济公，甚至清代四位皇帝也位列其中。长髯老者是康熙皇帝，一身武将打扮的并不是关

罗汉堂内的康熙雕像

公，而是乾隆皇帝。或许这里边也有对年轻气盛的乾隆爷的一种幽默吧。

罗汉堂内一身武将打扮的乾隆皇帝

无论是栩栩生动的佛像，还是极具张力与魅力的壁画，无论是庙堂之庄严，还是生活之亲和，都彰显着大西山文化艺术的特征与气质——雍容且包容，奇异也鲜活，上连云端，下接地气，有山的风骨，也有城的丰盛，在这里，人与神佛息息相关，休戚与共。

海淀上庄皂甲屯，当年是康熙朝武英殿大学士、一代权臣纳兰明珠家的封地，庄园、家庙和家族墓地都建在这里。纳兰明珠的爱子纳兰性德就生长在西山脚下这片水乡泽国。读诗书，修文武，被康熙留作一等御前侍卫，也曾经护驾南巡北狩，陪圣上唱和诗词，钟鸣鼎食，金阶玉堂。

北京海淀上庄东岳庙，曾是清朝权臣纳兰明珠家的封地

然而身在广厦，他却心向静泊。纳兰性德与两广总督卢兴祖之女卢氏成婚仅仅三年，卢氏难产骤然去世，纳兰性德的悼亡之音由此破空而起，"家家争唱《饮水词》，纳兰性德心事几人知""当时只道是寻常""人生若只如初见""临来无限伤心事""可怜最是天上月"……缠绵、伤感、真挚，像极了南唐后主李煜，都是数百年间最打动文青骚客的诗句。

纳兰性德的很多诗是扈（音 hù）驾康熙游历京西时写作的。他在八大处宝珠洞凭高远眺，写下《望海潮·宝珠洞》，"漠陵风雨，寒烟衰草，江山满目兴亡。白日空山，夜深清呗，算来别是凄凉"。到西山黑龙潭，写下《忆秦娥·龙潭口》，"蛟龙窟，兴亡满眼，旧时明月"。

纳兰性德交友"皆一时俊异"、将一干不肯落俗的江南文人引为知己，顾贞观、严绳孙、朱彝尊、陈维崧，在京郊一隅结成著名的文化沙龙，一时传为美谈。

王国维赞叹他——"以自然之眼观物，以自然之舌言情。初入中原未染汉人风气，北宋以来，一人而已"。用词质朴平实，情真意切，后人难望项背。

也许是思念亡妻真情太切，也许是孤心彷徨时间太久，在一次聚会后他突然病故，年仅三十一岁。海淀上庄，明珠家庙祠堂边，这两棵穿越了四百年时光的古树，也曾见证诗人的风采，如今仍彼此支撑，屹立不倒，似乎是纳兰性德一生心意坚定却又情思缠绵的写照，诗人身影，长相望，久徘徊。

北京海淀上庄的纳兰家庙

　　纳兰性德的朋友圈和文人聚会上曾经出现过一位清瘦的年轻人，他们同时入值宫禁，均为大内侍卫，诗文相交，还同是康熙年少时的伴读——曹寅，《红楼梦》作者曹雪芹的祖父。

　　纳兰性德去世三十年后，曹雪芹诞生在曹家江宁织造府上。后因罪查没，家道中落，曹家迁居北京，曹雪芹晚年竟又回到西山脚下正白旗的营盘，时常游走于香山樱桃沟、黄叶村、温泉、白家疃一带，如今这条六七公里的路径被称作曹雪芹小路。

　　纳兰性德家族和曹家有许多共同之处。纳兰性德是帝王身边与文化精英联系的纽带，曹寅则是监视江南文人举动、为朝廷笼络人才的密使。两个家族同样在康乾盛世里历尽了荣辱

曹雪芹故居所在地北京香山黄叶村

曹雪芹小路

炎凉的轮回，都是诗书传家，崇文重礼之族，但也都遭遇撤职抄家的厄运。

大西山收留了中年落魄的曹雪芹，在香山正白旗的黄叶村，他过着觅诗唱和、卖画挥毫、买醉狂歌、忆旧著书的隐居生活。从元宝石、石上木，到西山特有的黛石，在西山的十多年间，这里的山川草木给了他无数触发感怀与想象的灵感，将旧作《风月宝鉴》"披阅十载，增删五次"，最终写成百科全书式的巨著《红楼梦》。

给予曹雪芹写作灵感的西山石上木

位于大西山的曹雪芹纪念馆

　　2011 年，"曹雪芹西山传说"入选第三批国家级非物质文化遗产名录。大西山，因纳兰性德和曹雪芹与中国文学水乳交融，筑成中华文学艺术的峰峦。

曹雪芹纪念馆： 位于海淀区四季青乡正白旗村，是曹雪芹晚年居住的地方，以北京香山正白旗 39 号老屋为中心建立起来一座小型乡村博物馆，馆舍是一排坐北朝南的清式平房，占地面积约 3000 平方米，建筑面积 300 平方米。馆藏主要有与曹雪芹身世相关的文物，曹雪芹一家与正白旗村有关的文物，以及名著《红楼梦》所描述的实物仿制品等。

大西山不仅滋养着数百年来中国的文化艺术大家，也在近代以来吸引着越来越多的海外贤者来到北京西郊。

西山深处，横跨海淀温泉镇、苏家坨，20世纪初曾聚集了一批法国文化人士，他们参照西方先进经验，进行着改变中国落后面貌的种种尝试。虽然肤色不同、种族相异，但他们都热爱中国的历史和文化。

20世纪聚集在大西山的法国人士

法国诗人、外交官圣琼·佩斯，1916 年起在法国驻中国使领馆工作，曾在自己的日记和文章里多次提到西山。1917 年 8 月，圣琼·佩斯写信给母亲："我从一个小庙宇里给您写信，它位于北京西北部的一个山岗上……在我的脚下，距离一条因流沙淤塞的河道不远处，一个村落正在消亡……从这个小山丘可以俯瞰通往西北边陲的丝绸之路。"

圣琼·佩斯获得诺贝尔文学奖的长诗《远征》正是 1920 年 6 月至 1921 年 3 月在管家岭村西北山岗上破落的桃峪观和金仙庵中写就。全诗分十章，诗篇体现了一种对生命开拓进取的力量，歌颂人类无穷无尽的创造力。

法国诗人、外交官圣琼·佩斯

圣琼·佩斯：（1887—1975）法国人，他既是外交家又是诗人，是法国 20 世纪最伟大的诗人之一，其获得诺贝尔文学奖的理由是"由于他高超的飞越与丰盈的想象，表达了一种关于目前这个时代之富于意象的沉思"，人们把他称作一个时代的歌者。他也是直接受到中国文化影响的西方著名文学家中的一员，如写于中国的《阿纳巴斯》以及后期的《群鸟》《风》等诗篇都渗入了中国文化的印迹，他在居留中国期间的通信集《亚洲信札》中全面阐述了他在中国任外交官 5 年间的所见所感，以及他在中国特殊的人文氛围中所进行的内心探索。

　　作为外交官，圣琼·佩斯比当时一般的西方人更真实、更全面地了解中国社会，早在五四运动之前，他就曾预言了在未来中国的马克思主义思想的传播，"中国最终会走上集体主义，列宁式的共产主义"。

北京海淀金山寺的圣琼·佩斯亭

以大西山为核心的知识分子群体（复原图）

　　其实，从纳兰性德到曹雪芹，可以发现一个有意思的现象，以这几位文化巨匠为核心，在大西山地区不断形成文化群体。直至 20 世纪初二三十年代，由于毗邻燕京大学、清华大学，西山文化聚落已蔚然成风，对整个 20 世纪中国的文化艺术产生着深刻而重要的影响。

中国近现代文化历史上很多人都跟大西山有关

胡适、梁实秋、梁思成、林徽因、沈从文、金岳霖、徐志摩、陆小曼、冰心、吴文藻、老舍……一个个在中国近现代文化历史上不可磨灭的身影在大西山行走驻足，他们的文字、学知，都曾经在大西山生长、奔涌，他们的青春、爱情，仿佛那满山红叶，绚丽斑斓。

　　老舍将小说《骆驼祥子》的重要故事情节设置在西山脚下模式口一带，把祥子的人物命运与旧京风物和地缘生活方式巧妙结合。

老舍将《骆驼祥子》的故事背景设置在西山脚下模式口一带

在香山双清别墅，毛泽东指挥渡江战役，写下《人民解放军占领南京》的诗篇，"天若有情天亦老，人间正道是沧桑"。

毛泽东曾在香山双清别墅指挥渡江战役

解放之初，丁玲怀着满腔热情深入永定河农村，用小说《太阳照在桑干河上》向北京的母亲河——永定河深情致敬。

丁玲：（1904.10.12—1986.3.4）原名蒋伟，字冰之，又名蒋炜、蒋玮、丁冰之等，湖南临澧人，毕业于上海大学中国文学系，中共党员，著名作家、社会活动家。1936 年 11 月，丁玲到达陕北保安，当时这里是中共中央所在地。丁玲是第一个到红色革命根据地的文人，她的到来，给陕甘宁抗日根据地原本力量薄弱的文艺运动增添了新鲜的血液，在中国现代文学史上做出了无法取代的贡献。

把大西山放在时空的坐标系中，这一座山竟与中华文明的起源与文化发展有着如此深刻的关联。行山的人们古往今来，四面八方、络绎不绝，他们在这山间书写属于自己也属于那个时代的诗意和画卷，从无数个侧面完成着文化融变的全貌。

丁玲用《太阳照在桑干河上》向北京的母亲河永定河致敬

一座山，山上风起云涌，山下万流成河，文明如光芒般映照着山间盘旋但一直向前的道路。文化如呼吸，一时一刻也不曾停止吐纳；文化如血脉，一时一刻也不曾停止流动。

导演手记：

《文脉》的拍摄
让我感受到大西山的气场

/ 第六集《文脉》分集导演　卢晓南

　　大西山特殊的地理位置，既是各种文化、宗教、商业、生活方式传播和交融的通道，且由于有着众多著名寺院道观，也是北京城和华北地区百姓的精神圣地。

　　一些寻求自我、躲避世俗纠缠的自由而孤独的心灵往往将这里筑成精神的世外桃源和最后的避风港。在西部山区既不富裕也不丰盛的山野和土地上，孕育发展出的文学艺术却从不贫瘠匮乏，形成了一条绵延不绝的千年文脉。

大家可能都知道，辽金以前，北京一直处在中央集权统治的边缘位置。可以想象，伟大的文学作品、影响广泛的文学活动是很难在此出现并广泛传播的。直到辽金时期，随着中央政权逐渐转移到此，人口数量增多、经济发展加之社会稳定，北京地区的文学、艺术才得到蓬勃发展，优秀的作家、诗人、雕塑家、绘画家等文化名人不断涌现。

"文脉"这个选题，意境深远、角度专业。作为专业的、权威的甚至学术性浓厚的课题，我们在拍摄过程中并没有完全躺在专家的既有知识框架里。也因此，片子中的许多素材呈现出了独特的一面。

摄制组在海淀翠湖湿地湖边，为拍摄落日，工作人员正在组装摇臂

摄制组在海淀大慧寺进行拍摄

西山红人

比如一开始，片子中出现的人物是唐代的贾岛。

我们在小学里就学过贾岛的诗，但很少有人知道贾岛是涿州人，也就是现在的北京市房山区人。唐代时，很多诗人在北京地区写过不少有名的边塞诗，但贾岛却拥有"北京土著"这个显著的身份，并且后来他在中国诗坛取得的成就是非凡的，所以，我们认为把贾岛拎出来拍摄是非常符合北京"文脉"这个选题的。

再比如，元代有很多有名的剧作家、曲作家，如关汉卿、马致远等。但我们查找相关历史资料却发现，关汉卿的生活轨迹主要是在城里一带，他的艺术作品中就很难找到大西山的影子。而马致远则久居西山附近，长年修行道教，他的很多作品中都有对大西山的景和情的种种刻画。而对明朝的拍摄重点我们放在了法海寺和寺里的壁画。这一时期，大西山在美术方面呈现出了突出的魅力，法海寺就是最典型之一，这是我们在拍摄"文脉"时对明朝文学艺术成就的意外发现。而清代的"一兰一红"传播甚远。在纳兰性德的诗里，大西山的形象是丰富多样的，而曹雪芹的《红楼梦》也是在香山樱桃沟写的。这些都是拍摄时绕不开的话题，在我们的片子中也都得到了体现。

到了近现代，中外文化界、思想界名人大多喜欢居住在西山脚下，他们在这里找到了精神家园，于是在大西山形成了很多文化聚落。

从这一点讲，西山滋养、孕育了一代又一代的文人墨客。

西山帝王诗

另一个有意思的现象是，古代尤其是金代和清代，有很多帝王给大西山写过诗，而且数量非常庞大。

金章宗完颜璟不仅评出"燕京八景"，还在北京西山修建八座行宫，俗称八大水院，充分体现了他对大西山浓厚的兴趣和感情。他为大西山写下许多诗词，比如中都西边三十五千米的仰山，建有五峰八亭，完颜璟就曾为仰山写下名诗：

金色界中兜率景，碧莲花里梵王宫。
鹤惊清露三更月，虎啸疏林万壑风。

乾隆这位自诩为"古稀天子""十全老人"的皇帝，是一位不折不扣的世界级高产诗人，一生写诗四万三千多首，其中山水诗近万首，仅为香山就写了近二百首。广为人称道的《红叶》，将香山红叶推上中国传统自然审美的巅峰之境：

迭峰青云放晓晴，乍看红叶一枝横。
徘徊体物难成句，几点玫瑰衬绿琼。

摄制组在海淀五塔寺拍摄，左一为分集导演卢晓南

摄制组在海淀永泰庄进行拍摄，为了拍到合适的镜头而移动机器

　　对于像泰山这样的五岳名胜，帝王题诗是很普遍的现象。但是大西山好像并没有什么奇险峻秀的地方，"五官"并不突出而且又很低调，怎么就吸引了那么多帝王为它吟诗无数？大量西山帝王诗的出现，从侧面反映了北京浓厚的政治文化氛围。这也是本集所要体现的一个亮点。

　　通过对北京"文脉"的梳理，我们更清晰地认识了西山和北京的文脉发展关系，了解到了不同时期北京文学艺术的成就和特色，有助于我们形成一些新的视点和美学感受。

意外发现

当然，非常痛惜的是，摄制组在拍摄贾岛、纳兰性德、马致远等人物的时候，发现这些历史文化名人的生活痕迹几乎都被时光湮没了。仅存的一丝丝遗迹不足以支撑起这么庞大的拍摄计划。为了带给观众丰盛的视觉大餐，摄制组一边拍摄一边查找线索，令人欣慰的是，贾岛当年出家的云盖寺、纳兰性德的家庙和家祠被我们发现了。

《文脉》拍摄过程中也设置了很多情景再现的环节，就是用演员来扮演历史人物，把当时的一些重要情景演出来，这是不得以但又必须要做的。我们经常要拍完了一个朝代的场景和人物就立马拍摄其他朝代。每当我看到演员在投入地表演的时候，总会有一些场景让我很恍惚，感觉像是穿越了一般。一会儿是从今天穿越到古代，一会儿又在各个朝代之间来回穿越。尤其当我看到不同时代的文人墨客对话交流的场景时，我的内心是激动的。

伴随着深幽而文雅的环境，我时常能感受到大西山的气场！

图书在版编目（CIP）数据

园说·文脉 / 王淳华主编 . — 北京：北京出版社，
2018. 2
（大西山）
ISBN 978-7-200-13770-5

Ⅰ. ①园… Ⅱ. ①王… Ⅲ. ①电视纪录片—解说词—
中国—当代 Ⅳ. ①I235. 2

中国版本图书馆CIP数据核字（2017）第323656号

大西山

园说·文脉
YUAN SHUO·WEN MAI
王淳华 主编

*
北京出版集团公司
北京出版社 出版
（北京北三环中路6号）
邮政编码：100120

网 址：www.bph.com.cn
北京出版集团公司总发行
新华书店经销
北京博海升彩色印刷有限公司
*

889毫米×1194毫米 32开本 4.375印张 45千字
2018年2月第1版 2018年2月第1次印刷
ISBN 978-7-200-13770-5
定价：54.80元
如有印装质量问题，由本社负责调换
质量监督电话：010-58572393
责任编辑电话：010-58572457